UM EXU EM NOVA YORK

Cidinha da Silva

Rio de Janeiro | 2022
1ª edição | 3ª reimpressão
PALLAS

editoras
Cristina Fernandes Warth
Mariana Warth

coordenação de produção,
projeto gráfico e capa
Daniel Viana

revisão
Bebel Nepomuceno

Este livro segue as novas regras do Acordo Ortográfico da Língua Portuguesa.

Este livro foi impresso em agosto de 2022, na Gráfica Assahí, em São Paulo. O papel de miolo é o pólen soft 80g/m² e o de capa é o cartão 250g/m²

CIP-BRASIL. CATALOGAÇÃO NA PUBLICAÇÃO
SINDICATO NACIONAL DOS EDITORES DE LIVROS, RJ

S579e

Silva, Cidinha da, 1967-
Um exu em Nova York / Cidinha da Silva. - 1. ed. - Rio de Janeiro : Pallas, 2018.
80 p. ; 21 cm.

ISBN 978-85-347-0556-1

1. Contos brasileiros. I. Título.

18-51874 CDD: 869.3
CDU: 82-34(81)

Vanessa Mafra Xavier Salgado - Bibliotecária - CRB-7/6644

PALLAS

Pallas Editora e Distribuidora Ltda.
Rua Frederico de Albuquerque, 56 – Higienópolis
CEP 21050-840 – Rio de Janeiro – RJ
Tel./fax: 21 2270-0186
www.pallaseditora.com.br | pallas@pallaseditora.com.br

Laroiê Exu!

Este Exu é da querida Leda Maria Martins, senhora do exuzilhamento da memória e da costura da experiência.

Leda me convidou para um café em sua casa quando eu tinha 19 anos. Ali, compreendi, pelo exemplo, que eu poderia fazer o que quisesse de mim.

Desde então, zelo pelo que sua vida em performance me diz. Aprendo a circular pelas encruzilhadas, a decantar dores, a absorver marcas e a me absolver, sem remorso. Sobretudo, celebro as alegrias e invento meu lugar de existência ao afrografar a memória e (re)encantar mitopoéticas.

Obrigada, Leda. Receba este Exu com meu coração acelerado de alegria.

Sumário

Prefácio: Exuzinhando a memória

Este livro de Cidinha da Silva é como Exu. E não só por trazê-lo em seu título.

Andarilho, mensageiro, comunicador, afeito à política. Senhor das contradições e dos caminhos, Exu anda *com as* palavras, anda *nas* palavras, anda *pelas* palavras, *anda as palavras*. Por viver (n)as palavras, como vive (n)as ruas, (n)as encruzilhadas, (n)os caminhos, Exu as tem como ferramentas para fazer mundos, encontros, memória. A memória não é só feita de imagens, ela é erigida em palavras, que se modificam e modificam quem as ouve, quem as lê, quem as escreve.

Exu é alegre e conhece as dores e as tristezas que nos cercam. Quando aprendemos a ouvi-lo, ele nos avisa com suas palavras, sendo nosso mais fiel mensageiro e mensageiro da nossa ancestralidade. Caminha pelo mundo, mostrando as encruzilhadas que estão pelos muitos caminhos. Exu brinca nelas. E com elas. Nosso desafio é aprender a brincar com ele, como ele, para assim conseguirmos passar pelas encruzilhadas da vida, pela vida, na vida.

Nesse aprendizado, a memória é fundamental. Não apenas por guardar as brincadeiras de Exu, mas por trazer a história que nos foi contada. E não é possível caminhar pela vida sem histórias. Elas são como os fios de conta de Exu, que o identificam em suas múltiplas cores e possibilidades. Mas Exu é arteiro: por ter todas as palavras consigo, maneja a história de um modo que nos espanta. E ele nos alerta: é preciso estar atenta ao trazer às palavras as histórias que foram deixadas sobre nós e saber diferenciá-las das histórias que narramos sobre nós mesmas.

Caminhando com Exu por muitas terras e muitos tempos, de Minas Gerais a Nova York, de nosso presente aos tempos dolorosos da escravidão, as palavras de Cidinha da Silva nos enredam, nos convidando a fazer parte desses deslocamentos *exúnicos*, mergulhados em um convite lírico, transformador e ancestral (*que é tudo junto!*), a olharmos para nós e contarmos outras histórias sobre nós mesmas, que difiram daquelas que nos foram contadas sobre nossas dores, alegrias, desejos e encontros.

De boca e pés dados com Exu, Cidinha nos convida a caminhar por caminhos diversos de nossas ascendências africanas. Não só os lugares iorubanos/nagôs, mas também os bantos, que nos atravessam e constituem, que nos encarnam e incorporam. E essa (an)dança nos mostra que somos feitas de plurais memórias e histórias africanas, lembrando que, aqui em nossa história, *Exu fala-se Pambu Njila* também. E que de quantos plurais somos feitas....

Talvez uma das maiores riquezas de Exu seja sua pluralidade de línguas, palavras, histórias, caminhos, memórias: uma multiplicidade de/que *podermos ser*.

Nesses encontros, nos ladeamos com outra memória, *exuzilhada*, *sankofada*, olhando, desde nosso presente, a outros tempos e a vários lugares que narram nossa história. E avistamos pessoas e seus orixás e inquices. Suas dores, desejos, emoções, que são outros e também nossos. Nesse *exuzilhamento* da memória, vemos a nós mesmas nas outras, as outras em nós mesmas, nessa interligação de caminhos que a todas nos une e distancia. Nos irmana e aponta diferenças.

As palavras de *Um Exu em Nova York* nos convidam a acompanhar um pensar inventivo, inquieto e inquietante. Suave e intenso. Dolorido e resistente. Ligeiro e macio. Promovem encontros, um dos reinos de Exu. Encontros com essa memória que insistimos em recusar por arder, mas que precisamos buscar por nos pôr na abertura dos caminhos que nos levam a contar outras histórias, ser de outros modos, numa relação outra com o que de nós foi dito; criando e refazendo mundos exuzilhados; evocando memórias que vivam entre um tempo que já foi e um que ainda não é.

Kobá Laroiê, Exu!
Kiuá Tat'etu Pambu Njila, Ngana màka!
Mojúbà, Cidinha,
Que suas palavras ecoem pelos muitos
cantos das encruzas do mundo!

wanderson flor do nascimento,
professor de Filosofia na
Universidade de Brasília, UnB

I have shoes for you

Ela surgiu de surpresa, como eles costumam vir ao meu mundo. Estacou a meio metro, de cabeça baixa, fechada em roupas pretas de modo que primeiro só vi aquela cabeleira alisada. Depois, considerei que pudesse ser peruca. Os ombros arqueados, os braços finos e as mãos que, quando estendidas, notei serem pequenas e enluvadas, escondidas no casaco, um pouco mais *old fashion* que o meu.

A mulher levantou a cabeça devagar. Cruzei com seus olhos em brasa. Fitei os dentes, eram bem separados entre si. A arcada superior, principalmente, pelo menos meio centímetro entre um dente e outro, reparei quando ela perguntou com voz muito doce se eu tinha algum trocado. Sorri para ela. Entreguei as moedas.

Quando olhou para meus pés, depois de agradecer, disse: eu tenho sapatos para você. Eu não tinha certeza de ter ouvido a frase e perguntei: o quê? Eu tenho sapatos para você. Ela repetiu com a voz doce que eu já contei que ela tinha. Mensagem entendida, agradeci e assegurei que estava bem com meus sapatos, não precisava de outros, não. Ela riu com aqueles olhos vermelhos. Seguiu seu caminho e eu percebi um andar torto, sapatos grossos e pés que pareciam carregar o dobro de seus setenta quilos.

Eu ali, parada na esquina da Martin Luther King Jr. com 29th à espera da amiga dominicana que nunca chegava na hora, maldizendo o atraso porque, naquele momento, o frio cortava e a mulher me ofereceu sapatos porque achou que eu passasse frio. E ainda aquele casaco de tantos invernos, eficiente, mas velho. Ali, no Harlem de classe média, ela julgou que eu era da rua, do Harlem profundo, como ela.

Isso tudo só pensei depois. No momento em que a mulher saiu andando, escrutinei meus pés, arrepiei quando ergui a cabeça em sua direção e não a vi mais. Observei os lugares à volta a ver se descobria alguma porta, algum buraco onde ela pudesse ter se metido. Avistei um segurança particular de quarteirão fumando e acertando a touca na cabeça. Quis perguntar a ele pelo paradeiro da mulher, tentada a receber os sapatos.

Mais uns minutos e chegaram duas senhoras. Apertaram o número do apartamento para onde me dirigia. Cumprimentei-as, puxei conversa, contei da amiga atrasada. Avisei que as acompanharia na entrada.

Como o gênio da lâmpada, a mulher apareceu de novo. Ufa! Ela existia. Era de carne e osso. Pediu dinheiro às colegas e elas mal olharam na cara dela para dizer que não tinham. A voz amável era um canto atraente e afinado, e a vontade de segui-la foi quase incontrolável. Dessa vez ela não falou comigo, seguiu caminho oposto ao anterior.

Fixei os olhos nas costas dela, como se assim pudesse segui-la até a casa, até os sapatos. Até que ela se virou, sorriu, tirou uma mão do bolso do casaco e gesticulou em minha direção.

Recolhi meu pescoço curioso. Uma lembrança me alcançou, a da filha de Iansã que ganhou batalha na justiça contra homens poderosos, mas teve a vida virada do avesso pela represália de feiticeiros acionados pelos indiciados. Certa vez essa mulher fazia a travessia da Ilha de Itaparica para o continente. Embriagada pela fumaça do feitiço, uma voz maviosa a chamou para se lançar ao mar. Venha, estou te esperando. Venha ficar comigo. Venha para sua casa. Para se salvar, ela gritou que a amarrassem no barco, senão a sereia a levaria. Do mesmo modo, a voz delicada da mulher dos sapatos tentava me seduzir.

Você não vai entrar? Uma das mulheres me chamou enquanto segurava a porta. Sim, vou. Por que diabos aquela sem-teto queria me dar sapatos? Era a pergunta que me corroía. Ela me achou com potencial de compradora, isso sim. Queria vendê-los. Ou não, pois, se tudo é dádiva na negociação com Exu, eu dei primeiro.

Fazia frio aqueles dias, estava uns 14, 15 graus, nada que exigisse aquelas botas potentes depositadas na entrada da casa. Mas frio é questão de estilo e ostentação para quem pode escolher o que vestir e calçar, um inverno duro em Londres já havia me ensinado essa lição.

Enquanto observava o interior do apartamento, bem dividido, pé direito alto, materiais finos no acabamento, contrastando com a simplicidade do prédio pelo lado de fora, ocorreu-me a terceira hipótese para a investida da doadora de sapatos.

Considerando meus *dreads*, um casaco fora de moda, sapatos de outono usados no inverno em diálogo com o Harlem *roots* de onde ela vinha, talvez os sapatos fossem um código ou senha para uso ou tráfico de coisas que poderiam me interessar.

Não. Ainda não era a resposta.

Exu matou um pássaro ontem com a pedra que jogou hoje!

Exu matou um pássaro ontem com a pedra que jogou hoje!

Exu matou um pássaro ontem com a pedra que jogou hoje!

Ao preparar a comida do homem, quando minha mão tocou o dendê, encontrei a resposta, a chave. Recebi os sapatos-presente para firmar o pé na estrada e fazer o caminho.

O homem da meia-noite

Descia a ladeira sozinha, entre carros de farol alto. No final da rua um homem descansava a perna na grade enferrujada de uma garagem mal iluminada.

Do outro lado da via pública um terreno baldio, matagal e árvores. Passeio estreito, escondido por caminhonetes de sertanejos universitários ou de neofascistas que passaram a se espreguiçar ao sol como lagartos inocentes.

Entre mim e o homem negro de perna estropiada, capacete alaranjado, capa de plástico grosso, também laranja, e uma bota preta na perna boa, o medo. Também um buraco onde caberiam duas pessoas numa situação de violência.

Respirei fundo e clamei pelo Boca do Mundo no momento exato em que passei pelo homem abobadado que tentava acender um cigarro e o vento impedia. Sem olhar para ele mentalizei: Laroiê!

Boa noite! Ele me saudou. Respirei aliviada. E antes que o cumprimentasse, num movimento de gazela jogou o cigarro aceso para cima, estendeu os braços de pássaro para equilibrar a perna doente e abriu a boca à espera do cigarro.

Uma noite de bons ventos. Finalmente, respondi à saudação.

Uma noite de vento que alimenta o fogo. Ele retrucou enquanto mastigava o cigarro aceso, manquitolava para subir a ladeira e soltava fumaça pelas orelhas.

Metal-metal

O homem chamado Zebrinha subiu a escada de três em três degraus. Quando se aproximou de mim ainda ria, satisfeito pela façanha das pernocas compridas, em boa forma.

Bom dia! Como vai? Tudo bem? Eu o cumprimentei com a deferência devida ao filho de um rei.

Que mal vai com o povo de Ogum? E me lançou aquele olhar opaco e um riso de canto.

Antes de continuar a conversa, olhei através dele. Estava concentrada nas dores e nódulos do vasto lateral, querendo entender como um aparente problema no joelho tinha origem num músculo da coxa, que por sua vez estava inquizilado por inseguranças do pé durante a caminhada.

Pensava também na personagem frouxa do conto que precisava acertar. Na crônica que teimava em ser um conto fraco. Na carta que fingia ser crônica...

Hein!? Exigiu-me uma resposta. Mal algum, respondi, de volta à cena. Toquei seu ombro e disparei: "Mal não há no caminho dos filhos de Ogum. Nem no meu, amiga dos filhos dele."

Zebrinha Onirê gargalhou e seguiu seu rumo, foi guerrear com os ferros. Eu fiz o caminho das Ássanas e das agulhas para liberar o portal dos Quatro Mares.

Kotinha

Quebra! Quebra! Quebra em nome de Jesus! E Jesus se encolhia num canto, assustado por usarem seu nome na contramão de princípios humanistas.

Mulheres e crianças se abrigaram no fundo do barracão, rogando para que a agressão acabasse logo. Para que nenhum homem do terreiro chegasse e se visse obrigado a enfrentar os dois crentes.

Caiu água forte, chuva de raio e vento. Eparrei Oyá! Eparrei! Todo mundo saudou a senhora das tempestades pedindo proteção. Algumas mulheres em voz baixa, outras, mentalmente. Os trovões arrebentavam o céu, os ouvidos, enquanto os homens de cérebro lobotomizado, tomados pelo demônio, devastavam o roncó.

Uma garotinha, pequena makota, emburrada, de braços cruzados, enxergou Bamburucema atrás de um dos homens, colada às suas costas, tentando chamá-lo à razão. Arquitetou: eu vou virar ele, vou virar ele.

Em pouco tempo eles destruíram Ibás, maldisseram orixás, deram lições de falsa moral e ameaçaram a senhora do terreiro. A menina, abraçada às pernas da Mameto, esticou o pescoço à procura dos olhos do homem que tinha Bamburucema às costas e estava possuído pelo demônio. Queria chamá-la a tomar conta do filho, para isso, dizia baixinho, eu vou virar ele, eu vou virar ele.

Kotinha encontrou o olhar do homem e mirou fundo, a hora dele estava chegando. Em resposta, um Ilá muito forte ecoou em todo o barracão. Logo a menina percebeu que o grito de chegada era de Nzázi. Olhou feio para a muzenza que o recebeu, mulher de uns 40 anos. Pensou em passar-lhe um pito. Quem foi que chamou? Ela não tinha mandado ele vir e tinha aprendido que ela devia chamá-los e despachá-los. Que rodante abusada.

Mameto, mais atenta aos homens violentos do que Kotinha, ficou preocupada. E se os destruidores não gostassem da aparição de Nzázi e ficassem mais impetuosos? Se começassem a agredi-las fisicamente? O jeito era pedir ao inquice da justiça para ir embora.

Mas Mameto estava enganada, Kotinha, atenta, reparava principalmente nos homens maus, e notou que ficaram alarmados com a presença de Nzázi. Deviam saber que as pessoas ficam mais poderosas, tornam-se imbatíveis quando essas forças da natureza se manifestam. Por isso queriam tanto destruí-las.

Sagaz, a menina aproveitou a confusão da cabeça dos moços, o ronco de Nzázi na trovoada que parecia querer derrubar o mundo e passou por trás dos bancos, agachada. Escondeu-se à sombra dos atabaques, esticou o bracinho preto, pegou o adjá e começou a tocar.

Os homens bateram cabeça como dois dos três patetas e um deles reclamou que estava tonto. A makota mirim tocou o instrumento com mais vigor e puxou uma cantiga para Bamburucema. Mameto riu, que menina danada.

O homem das tonturas segurava a cabeça como se fosse perdê-la. Rodava sem controle do corpo, batia nas paredes. O pessoal da casa, surpreso, mas feliz, respondeu forte no contracanto. Todo mundo sentindo a vibração de Bamburucema.

O filho da senhora dos Raios correu para a chuva, como se ali, nas águas dela, pudesse fugir da mãe. Na porta do barracão tomou um barra-vento que o jogou de boca na lama e o fez arrastar-se, pesado, sem conseguir se levantar. O companheiro de baderna não o ajuda; em pânico, cruza a porteira em direção à estrada.

Bamburucema toma o corpo do filho que rolava na lama. O povo do terreiro cuida de levantá-la e a leva para dentro do barracão. Lá, Mameto conversa, explica sobre a perseguição que sua casa vinha sofrendo, pede solução.

Bamburucema aponta para o roncó. É levada para lá e se senta no meio da destruição. O coração fica triste e se aloja na ponta da espada. Vai embora depois de emanar sua energia e deixa o homem ali, chorando. A pequena makota reaparece, puxa a orelha dele e pergunta se é bonito tudo aquilo, se tem orgulho daquela bagunça.

Enquanto o homem que abandonou o amigo corria da chuva caíram dois raios seguidos em sua direção. O primeiro chegou perto, quase o atingiu. O segundo passou longe, mas o povo diz que foi suficiente para ele endoidar com aquela luz sem proporções.

Sábado

Um moço de quase dois metros, magro e forte, de *dreads* bem abaixo do ombro chamou minha atenção quando descia o barranco para oferendar mais próximo à água.

Cheguei à beira do dique para olhar mais de perto aquela figura de calça jeans e camiseta branca, destoante dos atletas de fim de semana e das devotas de Kissimbi, mais comuns à beira do lago.

Quando vi as flores amarelas nas mãos dele, abrigadas junto ao peito, falei alto: Ela vai gostar.

O homem virou-se de lado para me ver. Não sei se cantava ou falava, mas mexia os lábios e não se desconcentrou. Balançou a cabeça afirmativo e ergueu a flor em minha direção, como uma taça. Depois tocou a testa, fechou os olhos e jogou a flor na água, num movimento de desapego.

Continuei meu passo compassado e quando estava na metade do dique surgiu o moço na direção contrária à minha, agora de óculos escuros, num passo tranquilo, mas sem arrastar o corpo.

Sorri e diminuí a velocidade. Ele também desacelerou, mas não sorriu. Quando paramos frente a frente ele sentenciou: é meu filho! Ele nasceu com saúde. Que bom, me alegro, retruquei. E como está a mãe?

O moço apertou os olhos com o polegar e o indicador por baixo dos óculos, escorregou-os pelo nariz e parou na boca trêmula. Ela levou.

O velho e a moça

O velho sorri, enquanto ajeita o manto branco e vermelho sobre as espaldas.

Não tema, foi virada a página. Tens agora um livro a escrever. Mas, por onde devo começar, velho Ayrá? Indaga a moça, no momento em que afina o corte do facão na pedra. Do copo vazio, menina! Esvaziar o copo é uma arte. Demoraste um tempo longo no serviço, agora tens a agulha do tempo novo.

A maré dos olhos do velho espoca devagar e umedece os vincos do rosto de bronze. Seu olhar perdido desfalece no facão reluzente. Estás chorando, velho Agodô? Não, menina. É a memória das corredeiras que escapa. Sempre à noite, velho Ayrá? Sim. É o orvalho que brota desse coração cansado.

A moça limpa a terra com o facão para acender a fogueira e faz nova pergunta. Devo contar o vivido, velho Agodô?

Conte o que fizeste dele, minha filha. Isso basta, meu velho? Se basta não sei. Aviva.

Sua corredeira não para velho Ayrá. Tens certeza de estar bem? Sim, menina. Água que brota não cessa, mesmo quando cortada. As correntezas são mais velhas do que esta velha montanha em que habitamos. O que brota de mim é a memória das águas.

Maria Isabel

Já não aguentava aquele vai não vai. Eu querendo ir e a família insistindo para eu ficar. Meu coração, cretino, não me obedecia. E fui ficando, até que ele parou. Graças a Deus.

Maria Isabel veio se despedir de mim. Eu a vi menina, como vi as irmãs. Lembro que quando a mãe, Dona Nina, morreu, a Maria Isabel estava fechando os olhos dela, eu vi, ninguém me contou, e o pai da Mérdia perguntou se era verdade que a Isabel tinha estudado na gringa.

Não tinha compaixão, aquele espírito de porco.

As irmãs da Mérdia eram pessoas decentes, diferentes dela. Tinha a Marçulena, a Mirizante, a Mortuária e a Múrcia. Sobre o registro delas, o juremeiro é quem fazia chacota, oficial de cartório só encrenca com nome de preto.

A Mérdia emprestava livros para a Maria Isabel, eram amigas, até que a Isabel passou no vestibular da universidade mais importante do estado. A Mérdia, que era vendedora numa lojinha, passou a dizer que não estudava porque não queria, que passar no vestibular não era tão difícil assim, afinal, a Maria Isabel tinha passado. Isabel, por sua vez, não era mais menina, já tinha perdido a inocência e compreendeu logo que aquilo era inveja branca.

Eu posso até dizer que o pessoal estava feliz no meu velório. Aqui nesse pedaço do mundo a gente morre cedo, é difícil enterrar um velho de morte natural. Dona Ciça mesmo passou 2016 inteiro esperando o remédio da quimioterapia chegar no hospital.

Meus netos todos estão vivos, graças a Deus. Meus filhos também. Ninguém morreu antes de mim, é o certo, mas eu fui ao enterro de muito amigo deles.

A Dita está olhando a Maria Isabel de longe. Acho que está com medo de não ser reconhecida. Ela tem 52 anos e estudou com a Maria Isabel no grupo escolar, mas periga de parecer mais velha do que eu que já estou morto.

O sofrimento acaba com as pessoas.

Enterrou os dois filhos, a Dita. O Marlon, de 19, e o Denzel, de 12. O matador do Marlon teve notícia de que o Denzel estava pesquisando arma para comprar e achou mais seguro matar ele logo.

Maria Isabel parece que toma banho no formol. Tem 50 anos, mas ninguém dá mais do que 35, e vai ficando mais bonita com o tempo.

A vida que dá certo remoça.

Já está chegando a minha hora de fazer a viagem do fogo. Quis logo virar cinza porque não ia ter paciência de ver micróbio nenhum me comendo aos tiquinhos.

O pessoal diz que minha vez chegou na hora certa. Aqui no bairro todo mundo morre cedo.

Válvulas

Eu não era assim! Quando ainda acreditava no amor não precisava de drogas. Substituí o encanto perdido pela fé num ilusionista. Ele fingiu que limpava minha alma, mas não colheu folhas para a cama, não macerou ervas para o banho. Empurrou-me um ebó-fast-food, fogo amigo e dardos, disparados enquanto se fingia de pai do segredo. Em agonia, sangrei, sequei. Morri lentamente.

Renasci e procurei um pastor. Ouvi pregações, troquei o sabão da costa pelo industrializado e, ao invés da salvação, apareceu o salvador em meu ateliê. Elogiou meu trabalho feito na rocha. Disse que as esculturas falavam, que meu desespero e minha dor continuavam ali, principalmente, nas mãos. Profetizou que as emoções humanas também precisavam ser alimentadas. Que Deus era magnífico, mas não saciava todas as fomes do mundo.

Ele tocou minhas tranças, apertou meus ombros e sussurrou que sabia do fogo que queimava as entranhas das filhas de Cam. Revelou um parentesco distante com Cam e talvez isso o fizesse ter aquela sintonia comigo. Disse que era a água que eu precisava, pura e espessa, reservada só para a esposa, mas ele abriria exceção para mim. E me deitou na mesa com uma força contida, desabotoou o cinto, transpirante e arfante como um bode velho e impotente.

O ar abafado queimava minha pele. O vento, meu amigo de eras, abriu a janela de rompante e derrubou no chão pequenas peças inacabadas. Acordei, rodei minhas saias. O vento espanou tudo e jogou aos meus pés a adaga, que apanhei no susto. Risquei o chão e despachei para as águas profundas aquele homem dos infernos.

Abri os olhos, ainda com a cabeça baixa, e olhei tudo à volta. O mundo rodava e retomava o prumo. Recolhi as peças quebradas e a paz me sorriu largo. Comecei o conserto pelo que havia sobrado de mim.

No balanço do teu mar

A verdade é que te procuro em todas as festas de largo. Por isso, me escondo. Evito a tristeza.

Seu cabelo e altura são os pontos de referência para te encontrar na multidão. Os detalhes do teu rosto, o conjunto beleza-melanina-tonicidade de teus braços tão ímpares, não pensaria encontrar em outra mulher. De todo modo, bobagem minha, porque só tua altura não mudaria. Mesmo o cabelo, se mantivestes o corte, pode estar prateado. Talvez não cedas mais à pressão das clientes para pintar os fios brancos. Tu, que como Bethânia, gostava imenso deles.

O caso é que falta teu espírito em festa nas festas que deveriam me alegrar, mesmo nas que não são de largo. Faltou você para salvar o homem de Luango, quase um Buda, que quando criança nunca pôde ser um dos sete meninos a comer caruru. As mães o tiravam da mesa sob a justificativa de ser grande.

Isso o marcou tanto que hoje ele faz questão de ser o primeiro a comer caruru, depois dos meninos, nessas honrarias que nossas casas oferecem aos xicarangomas. E penso que se esse garoto tivesse tido a graça de te encontrar na infância, você corrigiria as mulheres todas: gente, deixa o menino comer primeiro. Ele só é grande, mas é menino.

Imagino o que tu dirias ao ouvir uma das cantoras da minha predileção, uma mulher de Asè, que em nome da promoção da paz entre as religiões rezou uma Salve Rainha no palco, ao fim de uma canção. Eu não aplaudi e acho que você não aplaudiria também.

E sobre o padre que interrompeu a liturgia da missa de Santa Bárbara por quatro ou cinco vezes para noticiar que uma rede de TV estava filmando tudo e transmitindo ao vivo. E, para completar, pediu aos fiéis que avisassem aos coligados pelos celulares, pelo zap, para que assistissem em casa.

Apontaríamos falta de etiqueta na celebração, a estratégia equivocada de aumento da audiência. A briga por espaço em um canal de TV para concorrer com canais inteiros de outras agremiações religiosas. O apoio ao governo do estado, dono da TV.

Concluiríamos que tudo é política, ainda que na hora errada. Tudo é político e fazer essa leitura é ler pelo certo. Faríamos troça se uma Mameto gritasse no barracão: arruma a roupa dessa muzenza porque quero meus Mkisi bonitos na telinha. Riríamos muito, porque na nossa cultura rimos de nós mesmas, das nossas patacoadas e invencionices.

Eu faria comentários sobre aquela conhecida nossa que posa de solitária para atrair atenções e diria como esse tipo de gente me irrita. Quer ficar sozinha, fique, em casa ou na rua. Não fique fazendo essa cara de cachorra caída da mudança. E você me daria um tapinha no braço para que eu deixasse de ser cruel e tivesse mais empatia com a colega. Não, não. Você não usaria essa chave-mestra da onda de afetos vazios que nos sufoca todos os dias na Web.

Também seria doce, porque você sabe que ironia e crueza são disfarces usados pelo meu coração de água. E eu ficaria enternecida com a senhorinha que levanta os braços marcados por panelas quentes, descuido de quem cozinha e cuida de filhos, de netos, e faz contas, e pensa na comida do outro dia, na falta de dinheiro, no desespero que adoece as pessoas, tudo ao mesmo tempo. Eu seria acalentada por aquele olhar contrito, a saia vermelha, a blusa branca, tudo muito simples, talvez costurado por ela mesma. A costura da vida pela fé fervorosa em Santa Bárbara. O sussurro crédulo: vitória, vitória, vitória!

Chegaria mesmo a virar o rosto para esconder o choro, porque você sabe como a fé das pessoas me comove, e como a manipulação da fé me deixa furiosa. E você, conhecedora de meus estratagemas, pegaria meu rosto e sorriria, calada, imersa nesse infinito seu que me acalma. Antes que eu baixasse o rosto à procura do seu ombro, você me daria um beijinho furtivo. Nossas bocas protegidas por suas mãos, as mais poderosas do mundo. E se eu morresse naquele momento, de morte morrida, por suposto, seria a morte doce da pessoa mais feliz do universo.

Mas não morro. Jogo paciência com o Tempo. Conto histórias e entrego poemas ao vento, enquanto não aprendo a criar melodia para te fazer canção.

E quando vou às festas, continuo te buscando no tapete vermelho de Iansã, essa senhora generosa e altiva. No tapete amarelo de Oxum, nossa mãe que me deu ao mundo para te amar e te dar apoio para que teu propósito maior não te roube de ti mesma. Nas esquinas de nossa menina, exuzilhamentos que nos atravessam e testam. No tapete branco de Oxalá do nosso menino, a paz que nos reserva o desfecho dessa história. No tapete branco e azul de Iemanjá, que te fez perder o voo na última vez em que nos veríamos, lembra? No som metálico do padê do Gandhy, ainda na ladeira do Pelourinho, antes da saída do tapete azul e branco, quando os agogôs anunciarão, enfim, nosso carnaval.

Lua cheia

A casa simples, contudo grande, ficava ainda maior sem os filhos. O mais velho se casara cedo, as gêmeas foram para a cidade vizinha estudar na universidade pública recém-aberta; só vinham para casa aos sábados.

O marido no bar, cachaça e dominó, agora todas as noites da semana. Havia duas novidades, a primeira, passar em casa para tomar banho antes de seguir para o bar; a segunda, não procurá-la mais para o sexozinho semanal.

Ela se perfumava, colocava camisola preta, dava todos os sinais de que queria seu homem, mas ele chegava, a cumprimentava, perguntava se as meninas haviam dado notícia, ligava a TV, jantava e dormia. Às vezes no próprio sofá.

Aos sábados iam juntos para a feira vender as hortaliças. Naquele sábado, o marido não apareceu. Depois de 24 anos de casados era a primeira vez que isso acontecia. Ele, às vezes, chegava com o raiar do dia, mas sempre aparecia para o trabalho na feira.

Morrer não morreu, ela pensava. Notícia ruim vem a galope. Arrumou solução para o trabalho. Pediu a uma vizinha que dirigisse a caminhonete e foi vender as coisas. Trabalhou em silêncio, vendeu tudo, matutando onde o marido poderia estar. Até que era um homem bom, gostava muito dos filhos, era trabalhador e não batia nela, não gritava. Não era carinhoso, mas cumpria suas obrigações. Só no sexo é que ele não apitava mais e ela sentia falta daquela vezinha, pelo menos.

Na volta para casa, em conversa com a vizinha, disse que achou estranho o jeito como algumas pessoas olhavam para ela, dois amigos do marido em especial. Do que sabiam? Perguntou, esperando a cumplicidade da vizinha. Recebeu informação sobre uma casa afastada, meia légua para cima da cabeceira do rio, já bem dentro da mata, que o marido vinha frequentando. Talvez tivesse ficado perigoso voltar de madrugada e ele ficara por lá. Uns bezerros apareceram mortos, tinha bicho atacando. Perguntou se ela ia atrás do marido. Não, não iria.

Os miolos da mulher se revolviam de ódio e de dúvidas. Ao contrário do que havia afirmado, resolveu procurar o pai de seus filhos. Talvez já planejasse isso. Não ia esperar que ele voltasse para casa e lhe desse o pé na bunda depois de tantos anos. Fechou a porta da frente da casa, deixou a janela semiaberta como quem está em casa e não quer ser incomodada. Pegou o facão e saiu pelos fundos.

Fez o caminho mais discreto que pode, não encontrou ninguém que tivesse de cumprimentar. Só a lua testemunhou o quanto se remoía de raiva. Chegou até a casa indicada pela vizinha, encontrou tudo fechado e as botas do marido do lado de fora.

Rodeou a casa até achar uma fresta que permitisse ver lá dentro, e o que viu foi chocante. Uma mulher deitada na cama, bem tranquila e o homem, seu marido, no fogão. Preparava café e alguma coisa para comer. Cuscuz, banana-da-terra e batata-doce. Vinte e quatro anos de casados e ele tinha feito cuscuz para os meninos uma única vez, em que ela estava doente e sua irmã demorara a chegar. Para ela mesma ele nunca fizera sequer uma garapa.

Estava ele ali, na casa de outra mulher, preparando o café para levar na cama. Não tinha reação, só conseguia recapitular o abandono afetivo de tantos anos.

O marido levou o café para a amante e começou a falar coisas no ouvido. Devia ser safadeza porque a desgracenta ria que se acabava. Dava a comida na boca. Difícil acreditar no que via. Era uma briga tão grande para ele colocar comida na boca das crianças enquanto ela cuidava de outras coisas.

Aí parece que ele pediu alguma coisa e a moça disse que não ia dar. Só depois do banho. Ele disse que não, ela não sairia da cama. Seria banhada ali mesmo. Pegou água no fogão e colocou numa bacia, devia estar morna. Ele molhava a toalha e passava pelo corpo dela e cochichava. Começou pela raiz dos cabelos, as orelhas, o rosto, o pescoço, os braços, os peitos. Ali ele parava e dava beijinhos e a fazia rir.

Molhava a toalha e passava pela barriga, coxas, pernas e pés. Aí falou mais umas coisas no ouvido dela, que ria muito. Molhou a toalha e foi passando pelas partes.

Que homem desconhecido era aquele? E nessa hora chorou e desviou os olhos. Mas ainda não tinha terminado, quando olhou de novo viu o marido já deitado de barriga pra cima e a mulher sentada na cara dele.

Naquela hora ela quis morrer. Como quis saber o gosto daquilo, mas o marido dizia que era coisa de puta, que ela era uma mãe de família. Isso quando ela era jovem e eles transavam muito. À medida que o tempo foi passando a vontade morreu no corpo, entretanto, ficou a memória do desejo, e seu homem estava ali, realizando a fantasia dela com outra.

Aquela podia ser uma boa hora para acabar com os dois, pegava ele desprevenido, deitado, lambuzado, e a mulher de costas. Começava por sentar o facão abaixo da cintura dele, depois cortava a cabeça dela, voltava a ele, que estaria desesperado de dor, sem reação, e terminaria o serviço.

Ela pensava em matá-lo, mas não tinha forças. Só ódio. Resolveu seguir para trás das bananeiras, já a caminho da estrada, e lá ficou, resolvendo o que fazer. Ela ouviu quando o marido calçou as botas, se despediu da mulher com beijinhos e disse que ia até em casa dizer à esposa que ia embora.

Pegava os trens e voltava para viver com a amante, para todo o sempre.

Porém, ela chegou a casa antes do marido. Entrou pela porta dos fundos, limpou o facão e o dependurou na parede, ao lado do machado e das outras ferramentas. Banhou-se, abriu a janela e ficou olhando a lua, como se o esperasse. O marido não voltou para casa outra vez, mas nessa noite ela dormiu bem.

Pela manhã, chegaram alguns conhecidos carregando o corpo do homem. Ela o recebeu sem surpresas e sem lágrimas. Contudo, cumpriu seu papel de esposa. Telefonou para o filho mais velho que foi até a cidade vizinha buscar as meninas.

Os dois amigos que prepararam o corpo notaram as unhadas profundas no peito e nas costas, mordidas no pescoço, uma delas na jugular. O homem estava murcho, seco de sangue. Deve ter sido atacado pela onça, a mesma que vinha matando os bezerros. Pelo menos morreu feliz, riram maliciosos.

A viúva desenrolava a função desagradável de receber cumprimentos pela morte de um homem que já deixara de significar qualquer coisa para ela. Abraçou as filhas chorosas, consolou-as. Quando o neto de 4 anos chegou com a nora, fez festa, carregou-o no colo, enquanto pegava biscoitos na cozinha. E foi o neto quem viu primeiro os fiapos de linha da roupa do avô nos dentes da avó.

Marina

Adormeceu com as amoras de Polesso sobre o peito, uma compressa quente a envolver o coração. Tantas vezes ela fizera aquilo por uma mulher. Tantos rostos. Tantas vezes no mesmo rosto, mas não tinha ninguém para fazê-lo por ela.

No meio da noite, depois de muito se virar para todos os lados, quando afundou o nariz no travesseiro da NASA sentiu que algo a incomodou no septo.

No instante mesmo do incômodo arrancou os óculos do rosto e jogou ao chão. Daquele jeito desastrado, todo ela. Nem ouviu o trincar da lente, porque dormia pesado, como um robô viciado em Rivotril.

Horas mais tarde a bexiga apitou. O dia amanhecia. Nem se espreguiçou e desceu da cama de vez, carregada, em cima da lente de vidro quebrada. A meia, retirada ao esfregar um pé no outro durante a madrugada solitária, estava jogada ao lado da cama.

Pé cortado, zonzeira, sangue pelo chão e a bexiga latindo.

Era melhor ir ao banheiro e depois cuidava do corte.

No entanto, uma faísca de vidro não espera cuidado e entra pela corrente sanguínea, sobe pela panturrilha, passa pela coxa, pelos pulmões, e quando já está perto do coração e ela pensa que vai morrer porque não teve ninguém que tirasse seus óculos enquanto dormia, é beijada pela amada.

Farrina

Era, de longe, a mulher mais alta de quem já havia me aproximado. Estava sentada na recepção do museu de um jeito bem infantil, as pernas muito abertas e o tronco inclinado e projetado para frente, como um menino aficionado por videogame.

Só mudava a postura para manusear o celular. Ali denunciava a idade, a geração, era pré-histórica. Catava milho para digitar qualquer coisa. Apertava as teclas com o indicador. Mordia o lábio de felicidade quando concluía uma frase ou acertava uma letra maiúscula, e tocava a tela com aquele jeito de quem ainda se encanta com o milagre das imagens no *touch screen*.

Assim que me viu, sorriu, meneou o corpo como quem dissesse: se você está procurando lugar para se sentar, sente-se aqui. Assenti. A ver o que aquela mulher de longos *dreads* avermelhados teria a me dizer.

Dreads criam certa irmandade mundo a fora entre pessoas negras que partilham o sentido de raízes que crescem para o alto e para fora, derramam-se pelos ombros e costas, totalmente expostas ao sol.

Sentei a seu lado e a cumprimentei. Avaliei que tivesse por volta de sessenta anos. Talvez mais e o tamanho agigantado lhe emprestasse um ar de adolescente desajeitado. Talvez menos e a vida lhe tivesse sido muito dura. Era o mais provável.

Farrina era seu nome. Falamos sobre o tempo, ameaçava chover e ela fazia cálculos para a chuva cair dali a quatro horas, quando planejava já estar dentro de casa. Morava ali no Brooklyn mesmo. Perto do meu museu predileto, que estava em festa. Era primeiro sábado do mês, dia de entrada gratuita para celebrar a herança negra durante todo o dia.

Conversamos sobre a possível origem do grupo musical que se apresentaria em breve. No teste de som o canto era rascante, de audível influência árabe. Eu apostei no Norte da África, ela, em Nova York, porque ali havia gente do mundo todo. Acertei, o conjunto era marroquino.

Havia um tuaregue na banda, aquele foi o mote para conversarmos sobre viagens. Ela mesma vinha de uma viagem longa. Chegara do Sul há uma semana, fugindo de mais um furacão. Eu não havia visto notícia sobre furacão algum. Ela riu o riso de quem diz: são tantos os furacões e vendavais no Sul que o Norte dos EUA e o mundo só olham para nós quando precisam de notícias.

Ela era precisamente de Savannah. Meu deus! Savannah! A terra daquele filme que eu não me lembrava o nome e por mímica e palavras soltas queria que ela adivinhasse. Dei várias pistas inúteis. Meu filme era cult, não pertencia ao mundo de Farrina. Mas ela se lembrou de Forrest Gump e me informou que havia sido filmado lá, em Savannah.

Eu não sabia. O filme da minha memória apagada fizera muito sucesso em 1995, em Washington D.C. A essa altura ela ainda não morava em Nova York, me avisou.

Não pude me furtar a olhar para as marcas do tempo violento e da pobreza em seu corpo: as cáries, a falta de dentes, cortes e pequenas queimaduras ao longo dos braços, a pele ressecada, sem uso de hidratante naquele princípio de inverno.

Quando você se mudou para Nova York? Nos anos 1980, ela respondeu. Depois fora para Savannah, mas sua família se mantivera lá, no Brooklyn. Estranhei, talvez por desconhecimento dos fluxos migratórios estadunidenses. Quis perguntar o que a havia levado para o Sul, mas avaliei que não tínhamos intimidade para tanto. Resolvi esperar para ver se ela fazia alguma revelação forte, um grande amor, uma volta às raízes negras e agrárias do país, sei lá. Militante antirracista ela não me parecia ser.

Farrina se levantou para tirar fotos e achei que se eu ficasse de pé minha cabeça encostaria na cintura dela. É lógico que foi uma especulação exagerada, porque ela precisaria medir três metros. Na real deveria ter 1,92, no máximo 1,95, não chegava a dois metros. Mas, não deixava de ser gigante comparada a mim.

Voltou a sentar-se e mexeu no celular, divulgava fotos, aquele exercício comum de publicizar a intimidade que deixa as pessoas viciadas. Fiquei especulando de que povo africano ela descenderia. Nada concluí. Quando finalizou a organização das fotos, retomamos a conversa sobre o furacão.

Eles avisaram que a gente deveria deixar as casas dois dias antes do furacão chegar. A instrução era para fechar tudo e sair. Interessada, perguntei se o governo local dava alguma ajuda financeira para que os moradores se deslocassem. Muito séria, respondeu que não. Nenhuma ajuda.

Recebiam, sim, uma notificação de que se não abandonassem as casas e algo lhes acontecesse, seriam multados posteriormente. Como ela tinha parentes em Nova York, dirigiu até lá e esperava melhora das condições climáticas para voltar e ver o que havia se dado com a casa. Nessa hora o olhar dela ficou bem triste, ainda que tivesse rido para reforçar a ironia do reencontro com a casa, possivelmente, um imóvel público cedido pelo governo.

Eu não sabia como continuar a conversa, mas Farrina queria ser ouvida e me falou sobre os filhos, dois rapazes. O mais novo estudara numa universidade local, mas abandonara o curso, queria trabalhar, ter o próprio dinheiro, e montou um negócio de consertar computadores. O mais velho era professor. Não perguntei de quê. Queria mesmo saber mais sobre ela, com o que trabalhava, por exemplo. Devia ser cozinheira ou manejar maçaricos elétricos, coisas que produzem calor, faíscas e queimam, acidentalmente. Seus braços e mãos eram muito marcados.

Farrina me perguntou se eu era de NY. Eu ri, porque aquilo só podia ser pergunta de quem estava se conhecendo mesmo. Sou brasileira e contei isso a ela, que se espantou, oh, Brasil, e fez alguma referência a Salvador e ao Rio de Janeiro, onde tinha acontecido a Olimpíada. Tentei explicar que eu era de Minas Gerais, desenhei um mapa rudimentar do Brasil e localizei a terrinha.

Depois, perguntou o que eu fazia na cidade e respondi que estava ali para assistir a leitura de uma peça de minha autoria num teatro. Ela me olhou entre espantada e feliz. Congratulou-se comigo e disse, é muito bom que a gente faça esse tipo de coisa também. Eu concordei: é, sim! E a convidei para assistir a leitura. Eu deixaria o nome dela na portaria, era só pegar o ingresso. Insisti para ela ir. Ela tentaria, mas não senti firmeza. Fiquei mesmo pensando se ela teria dinheiro para o metrô ou ônibus.

Vi umas pessoas comendo salteñas e o estômago deu sinais de existência. Perguntei se ela aceitava algo para comer.

A princípio respondeu que não e eu disse que a estava convidando. Então, ela aceitou e recomendou que fosse um hot dog ou qualquer coisa similar. Sugeriu que eu deixasse minha mochila ao lado dela enquanto comprava a comida. Ai, uma desconhecida. Contudo, já havia uma irmandade dreadlockiana instalada. Peguei a carteira e deixei a bolsa com o passaporte dentro. Segui o cheiro dos petiscos com o coração ressabiado.

Chegando à barraca de comida, não se tratava de salteñas, mas sim de um pastelzinho caribenho com recheio de carne bovina, única opção. Comprei apenas um para Farrina e voltei correndo para nosso local de conversa. Ela ainda estava lá, envolvida com o celular.

Entreguei o pastel a ela que agradeceu e perguntou pelo meu. Expliquei que eu não comia carne vermelha. Ela lamentou e disse que eu deveria pelo menos beber uma soda. Pensei que era uma indireta, porque comprei só um negócio para comer e nada para beber, cabeça de taurina, me levantei perguntando se queria a soda, podia buscar. Ela segurou meu braço dizendo que não. Seria para mim mesma, para não ficar com a boca seca. Acreditei, tirei uma maçã da bolsa e comi para lhe fazer companhia.

Farrina saboreava o pastel e eu já me corroía de remorso pensando que deveria ter comprado mais de um, até que ela comentou: sim, esse Patty é do Caribe. Eu sou de lá.

Mais uma surpresa. De onde você é no Caribe? De Trinidad. Oh, Trinidad e Tobago, ilha da região familiar de Audre Lorde! Ela não conhecia. Expliquei que era uma escritora muito importante, ativista lésbica. Confesso que falei a palavra lésbica bem rápido, pois estava em dúvida se Farrina era uma dona de casa, cis, bem conservadora, ou uma lésbica antiga que guarda tudo sobre si muito bem guardado e quem é do meio que leia os códigos e os interprete. Farrina era uma cebola, isso sim.

Então ela era caribenha, chegara a Nova York, mas, inadaptada à cidade, mudara-se para o Sul dos EUA. Essa a narrativa construída por mim para que suas escolhas fizessem sentido.

Antes de findar o show, Farrina me comunicou que iria embora. Sugeri que esperasse o término, faltava pouco. Ela foi incisiva, precisava partir antes da chuva.

Farrina se foi e quedei pensando, que personagem! Lembrei o nome do filme: *Daughters of the Dust*.

Enquanto ela andava com aquelas roupas gastas, aqueles tênis rotos, aquela pele tão maltratada, eu me perguntava se a tal casa dos parentes no Brooklyn existia de verdade. No Sul, mais um furacão passava e deixava intacta a política de descaso e destruição do povo negro.

Mameto

Diziam que ali as paredes gemiam. Maldade da língua do povo, modo de falar mal do terreiro que tinha muita roçona. A começar pela Mameto, que roçava à vera e não escondia de ninguém, mas não colocava letreiro na testa.

Era aquele jeito de mulher mais antiga que não dá nome aos relacionamentos. Os filhos chamam a companheira de tia ou até mesmo de mãe. Elas dormem juntas em cama de casal e com a porta do quarto bem fechada. E ninguém fala no assunto.

Há alguns anos Mameto estava sozinha e naquela solidão de autoridade que ela cultivava ninguém se metia. No entanto, se alguém conseguisse chegar à outra margem daquele rio silencioso que era seu interior, atravessaria um caminho de pedras lisas e conchas pontudas difícil de firmar o pé. E conheceria uma mulher triste e ardente, muito além da mãe equilibrada que todos admiravam.

Uma mulher consumida pelo desejo de amar e pela falta de coragem de se jogar.

Até que uma filha da casa apresentou-lhe a nova namorada. Uma moça atenciosa, sorridente, que aqueceu o coração da Mameto com muito zelo e delicadezas, entretanto, desde o primeiro momento, deitou sobre ela aqueles olhos de caçadora que desconcertavam a velha senhora e a transformavam em presa.

Mameto se consumia em dúvidas e medos. A mulher que ela queria era a namorada da filha. Resistiu como pôde, mas a flecha acertou o coração da caça e escancarou a face abissal da paixão. Ainda que tenha sido tudo muito rápido, a filha percebeu, ficou magoada com a mãe e tensionou com a parceira. Acusou-a de interesseira. Ameaçou contar ao mundo suas ambições. Não adiantou.

Em pouco tempo formou-se um novo casal no terreiro, para escândalo geral. Mameto sorria, encantada. Cantava e ensaiava passos de dança de salão.

Como no poema, os dias mais felizes da vida brotavam como erva benfazeja. O céu ruborizou um abóbora iansânico no entardecer dos dias frios. Oxum ria um riso de menina arteira. Os orixás, em festa, criaram um mundo novo, sem aquele trabalho todo que fora carregar o saco da existência.

Só Exu, sábio e cético, trepado na árvore da vida, não se iludia. O trabalho apenas começava.

O mandachuva

O avô do pai era reprodutor numa fazenda do interior do Rio. Não gostava de pegar ninguém à força. Se elas choravam antes do ato, ele escondia, não contava para o capataz, senão a menina podia apanhar. Com essa cumplicidade, mais umas porções de comida e muito dengo, ia ganhando a confiança delas, até que plantava menino em suas barrigas. E era só esperar crescer, parir, crescer mais um pouco e vender no mercado.

Ele enxertava mulheres em grupos de dez. Elas passavam um mês, até dois meses em sua companhia para a inseminação. No período da procriação as mulheres tinham algumas regalias. Trabalhavam menos para pegar barriga logo. Ele era mais aquinhoado, comia a mesma comida da casa-grande.

Chegou a fazer 60 filhos num ano, entre as negras da fazenda e outras da região cujos donos o alugavam. Era uma vida boa se comparada à dos negros do eito. Ele só trabalhava com o café quando não estava enxertando.

Foi no movimento de pegar comida na cozinha da casa-grande que ele se aproximou da dona da casa. Viúva recente, ela sentia uns calores que a criadagem toda reparava. À noite, gemia como égua no cio. Quando o marido era vivo não era assim, ela chorava, ele devia ser muito bruto. Casaram-na menina, 14 anos, ele já tinha 55. Viveram 10 anos e o homem morreu. Sorte dela.

Ficaram a fazenda e a centena de escravizados para administrar, além da unidade de reprodução que fornecia bacuris para vender na feira. Foi Maria Felipa quem tramou tudo. Convenceu Nicássio de que os calores da fazendeira eram por falta de sexo e que à noite ela gemia clamando por um homem. Mas homem preto é que não é, ele dizia. Você não sabe de nada, homem, Felipa argumentava, convicta de que a patroa olhava para Nicássio com olho de quem tem fogo no rabo.

Nicássio só pensava no perigo de enxertar a patroa sem querer. Como é que a mulher ia ter filho de preto? Externou as preocupações a Maria Felipa e ela o tranquilizou. Estava tudo planejado.

A segunda parte da armadilha era criar uma situação em que Nicássio encoxasse a dona da casa-grande pela primeira vez. Depois, ela mesma trataria de dar continuidade aos encontros. Felipa estava certa disso.

Toda noite, depois que a dona da fazenda vivia seus prazeres no quarto, gritava para Maria Felipa levar água fresca para beber e uma bacia de água morna. Num dia escolhido Nicássio ficou à espreita, ao lado da porta, e quando Felipa saiu do quarto e a fechou, os dois começaram a se agarrar, a rir, a gemer.

A patroa ouviu aquilo e colou o ouvido na parede. Maria Felipa sussurrou: ela tá vindo, anda logo. Quando a mulher olhou pela greta da porta deparou-se com a mucama de saia levantada, com o corpo inclinado, de costas, e Nicássio prestes a penetrá-la. Antes que pudesse ralhar com os dois, os calores tomaram conta de seu corpo. Deixou que eles consumassem a coisa e se deliciou com aquilo. E os dois fazendo de conta que não a viam.

Finalmente, deu um gritinho fingido de susto. Maria Felipa escondeu o rosto e pediu perdão, chorou. Nicássio ficou com o membro ereto na frente da fazendeira, guardou-o na calçola como se guardasse uma ferramenta na caixa. Maria Felipa correu e Nicássio também saiu ligeiro em direção à cozinha. A dona da casa o seguiu e ensaiou um sermão. Ao virar-se de frente para ela tentou cobrir o sexo com as mãos. Madame perguntou se ele achava que esconderia alguma coisa daquele jeito. Não adiantava ela já tinha visto tudo.

Como era ela quem mandava, Nicássio descruzou as mãos e perguntou o que a patroa faria com ele? O membro foi murchando e ela quase gritou, não, não faça isso. Volte! Entorpecida, acariciou o sexo de seu melhor touro, apertou, virou-se, esfregou a bunda nele. De trás da porta da cozinha, Maria Felipa observava e ria para dentro.

O hábil reprodutor teve vontade de enxertá-la, mas Felipa havia recomendado que na primeira noite não. Ele devia deixar a patroa com bastante vontade para que ela o chamasse outra vez. Concentrou-se então nas ordens da companheira de escravatura e domou a curiosidade de penetrar uma branca para saber se era diferente das pretas.

Nicássio segurou as ancas da fazendeira e dançou um lundu. Ela gemeu e tentou imitar a dança das negras em dia de festa. Felipa riu, bem escondida. Ele perguntou se podia e a mulher permitiu. Ela queria mesmo? Ele era só um preto da fazenda, um reprodutor. Sim, sim, sim. Nicássio se preparou e numa mistura de jeito e força enfiou os dedos na mulher ardente que urrou e estremeceu por completo. Depois, tirou devagar, deu uns tapinhas em suas ancas e saiu correndo cozinha afora.

No outro dia, a patroa não saiu do quarto. Maria Felipa sabia que devia levar o café. Entrou de cabeça baixa e esperou a reprimenda. A mulher estava feliz e apenas ameaçou, se aquilo acontecesse de novo ela iria para o tronco. Sim senhora, respondeu agradecida. Tudo estava dando certo.

Nicássio passaria o mês seguinte fora. Fora alugado para emprenhar mulheres escravizadas numa fazenda vizinha. A patroa riscava os dias na folhinha até sua volta.

Assim que Nicássio chegou, mandou chamá-lo. Perguntou como fora o trabalho e se ele ainda estava bem disposto, pois um grupo de meninas novas compradas no leilão de um fazendeiro de mudança para Portugal aguardava seu serviço. Antes disso, a porta do quarto estaria aberta e ele deveria aparecer à noite, depois que todos estivessem dormindo, para um servicinho.

Quando o garanhão chegou ao quarto da patroa reparou sobre a cômoda várias tripas de porco e um prato de leite. A mulher sedenta mandou que ele passasse a tripa no leite, ele sabia como fazer. Depois era encapar o bicho e fazer o que havia para ser feito.

Eles fizeram de tudo a noite inteira e a grande diferença que Nicássio notou entre as mulheres pretas e a mulher branca foi a cama. Ele nunca cochilara em uma. Só conhecia lençóis e fronhas por vê-los nos varais do pátio da fazenda. Travesseiro, ele nem sabia que existia e colchão nunca havia experimentado.

E foi assim por muitos dias, ele chegava tarde da noite e saía antes do sol nascer, como se assim a senzala não visse o que se passava na casa-grande. Um dia recebeu o aviso de Maria Felipa, deveria fazer sem a tripa de porco. E se a égua no cio reparasse? Felipa se enervou com a pergunta e disse que ele não era burro. Fizesse a primeira com a tripa, depois, quando ela sentisse sono, ele botava sem a tripa e soltava menino nela. Felipa era doida. A patroa podia matá-lo se descobrisse. Que nada! Já estava tudo armado para a fuga dele e de mais cinco. O quilombo estava precisando de gente que conhecesse as fazendas da região para arranjar o levante.

Felipa era quem lavava as toalhinhas cheias de sangue da patroa e sabia que o ciclo dela era certo. Aí foi só fazer como a mãe velha tinha ensinado para evitar pegar filho e perder para o cativeiro. No caso da patroa, era no período de pegar filho que Nicássio precisava agir.

Ela era esperta, porém, mandona demais e subestimava a técnica desenvolvida por Nicássio para engravidar mulheres ao longo de tantos anos. Pelos sucos da mulher, pela trama e pelo gosto, ele sabia os dias certos. E insistia, fazia dengo, até conseguir. Dessa forma ele fez com a patroa e a enxertou. Mais um passo rumo ao levante.

A dona da fazenda enlouqueceu quando percebeu a gravidez. Tomou todos os chás que Maria Felipa lhe deu para pôr para fora. Era a mucama mesma quem preparava e cuidava de errar as dosagens ou de misturar folhas que eliminavam o efeito de outras.

A patroa já estava desesperada. Não mais chamava Nicássio para as noites de festa, e antes de resolver a própria situação, deixou instruções para queimarem o membro dele com charuto. E quem não soubesse da intimidade do casal inusitado se assustaria com o detalhamento dos locais que deveriam ser queimados. Um corpo que ela conhecia tão bem. A intenção não era inutilizar o reprodutor, apenas queria que sofresse quando o bicho se esticasse para trabalhar.

Antes que a barriga aparecesse a fazendeira foi para um convento e lá passou toda a gravidez. A escravaria sabia de tudo, mas mantinha só entre eles por medo de perder a língua e também porque estavam mais ocupados com a trama insurgente.

No convento, quando a criança nasceu, perguntaram se era para matar ou para colocar na roda. Cheia de ternura pela carinha do filhote que lembrava seu alazão, a mãe determinou que o colocassem na roda dos enjeitados.

Jangada é pau que boia

As lembranças da chegada à morada de agora estavam muito vivas: o sol, o verão, a cultura nativa. A lagoa de água preta e quente, irresistível para um nadador como ele vindo de águas gélidas.

Ele que já fora campeão de triatlo, agora angoleiro novo, esquecera a lição do velho mestre, um pé poia, o outro num poia. Via os meninos pretos tão pequenos, tão magrelos, pulando na água e fez o mesmo, se jogou com seu corpanzil celta.

E eram tantas cordas a puxá-lo para baixo. Acorda! Acordo. Lodo. Andrajos. Comida entregue. Água de chuva, água do mar, água salobra. Vozes, ecos de lamentos e dores. E ele não conseguiu mais resistir, largou o corpo nos braços de Zumbá, que recebeu mais um estrangeiro em sua casa.

Quando tudo acabou, sereno, acompanhou o trabalho dos caranguejos que prepararam seu corpo massudo para a ceia.

Akiro Oba Ye!

Na Vila das Alterosas, garis limpavam a avenida que cortou a favela ao meio para ligar dois bairros ricos. Elas mesmas eram moradoras dali e viram casas de parentes e amigos serem desapropriadas.

A lembrança dos topógrafos e de outros técnicos que colocavam papeletas nas casas a serem demolidas apertava o crânio. A indenização era insignificante, por metro quadrado construído, e nada pelo terreno.

Alguém devia olhar para isso que fazem com a gente. Rosa de Matamba não se referia à expropriação dos moradores pela especulação imobiliária, mas ao recente movimento no Morro de sequestro da casa de algumas pessoas para compor o bonde de processamento da pasta-base.

Rapazes que cresceram com elas, que haviam ido à escola juntos, invadiam a casa de velhos moradores porque eram estratégicas para o trabalho. Falta de respeito sem tamanho.

Era sim. As amigas concordavam. Mary de Anya, irmã de Matamba, tinha outras preocupações. Robério de Ogunjá não saía do pé dela. Queria namorar, casar, ter filhos, mas Anya não estava disposta a ser mulher de bandido. Queria estudar, não queria ter dono. Não ia ficar na fila para levar jumbo para marido na visita dos domingos. Nem o livraria dos apuros na prisão, agenciando meninas para a visita íntima a companheiros de cela.

Dizia essas coisas a ele, na lata. Ogunjá contra-argumentava. Ele não seria preso como qualquer miúdo porque tinha projetos grandes. Estava juntando dinheiro para sair do refugo da cocaína e passar à cocaína mesmo. Uns parceiros tinham rastreado os 500 quilos de farinha branca desaparecidos do heliporto na fazenda do senador. Eles estavam negociando com um sujeito de alta patente responsável pelo armazenamento. Quando conseguissem, ele mudaria de status.

Ogunjá tinha consciência de que os outros traficantes não gostavam do pessoal da pasta-base porque a droga era tão pesada que matava os consumidores logo. Eles pressionavam e ele resistia, pois gostava de beber sangue, mesmo tendo água em casa.

Você ainda tem sorte dele não te forçar a viver com ele, ponderou Matamba. Sim. O mais frequente era menina obrigada a se tornar mulher de traficante, mas Ogunjá ainda mantinha um coração romântico, queria conquistar Anya e viver um grande amor bandido.

Coisa impossível, porque o coração dela já tinha dono. Só a irmã, Matamba, e a amiga Áurea de Obasi sabiam da história. Guardavam segredo para proteger Eduardo Ajagunã da morte, pois se Ogunjá ainda fazia charme com Anya, o concorrente ele eliminaria sem dó. Ajagunã, por sua vez, também não podia saber da existência de Ogunjá e suas intenções de casamento com a amada. Anya tinha medo de um enfrentamento letal. Ajagunã era o princípio da guerra e não teria arrego. Sorte que a rota de entregas do caminhão de cerveja dirigido pelo amado não passava pelos bares do Morro.

Anya e Ajagunã estavam apaixonados, faziam planos de vida nos intervalos da aula no cursinho comunitário. Contudo, só se encontravam ali e o moço já estava desconfiado da situação. Ele falava sobre a família, sobre a ocupação Izidora, onde morava, homenagem a uma lutadora, como as mulheres do Morro, como Anya. Os olhos brilhavam ao explicar sobre as formas horizontais de gestão lá dentro. Sonhava em contribuir para regularizar a situação dos moradores à medida que aprendesse as manhas do Direito.

Anya, por sua vez, falava pouco, não dizia onde morava, não permitia que Ajagunã a visitasse. Limitava-se aos planos futuros, ao curso de História, ao desejo de ser educadora. Depois de muita insistência dele foi apresentado a Matamba, uma pessoa silenciosa como a irmã.

No morro, "Ogunjá caiu" era o comentário geral. Alguns de seus colegas foram presos. Outros homens assumiram o movimento e mudaram o produto, nada de pasta-base. O negócio seria de cocaína. A coisa boa era que duas famílias conseguiram recuperar suas casas das mãos do antigo bonde. Teriam muito trabalho para torná-las de novo moradia, mas tudo bem.

Emerson Xoroquê, irmão de Obasi e aspirante a um bom posto no grupo de Ogunjá, ajudou-o a fugir. Ganhou pontos com o chefe. Mais tarde viria uma missão realmente grande para consolidar a parceria.

Depois de alguns dias entocado, Ogunjá mandou recado por Obasi. Queria ver Anya. Ela, a princípio, resistiu.

Era uma questão de dias para o destino da guerra abraçar Ogunjá. Anya já planejava viver com Ajagunã longe dali, em outra cidade, onde só a família soubesse, isso se Ogunjá escapasse da morte. Entretanto, a amiga aconselhou-a a aceitar o encontro, considerando que Ajagunã não aparecia no cursinho há dois dias.

Obasi tinha razão e Anya cedeu. Depois de buscá-la no lugar marcado, Ogunjá dirigiu até Nova Lima. Calado. Ela também. O silêncio só foi quebrado por comentários acerca das montanhas. Sobre ter crescido encoberto e desejoso de saber o que havia atrás dos morros das Gerais.

Chegaram. Ogunjá estacionou o carro e conduziu Anya a pé para uma mina abandonada. O temor de estupro foi inevitável. Ele percebeu e a tranquilizou. Seria incapaz de machucá-la com as próprias mãos.

Acendeu a lanterna e foi iluminando as paredes. Havia buracos, barulho de água pingando, aranhas. Teias internas da montanha.

A luz deslocada para uma pedra cônica de cerca de um metro ilumina Ajagunã de joelhos, amarrado, sem camisa e muito suado. Xoroquê está ao lado dele e procura os olhos de Anya. São amigos desde que nasceram, se conhecem muito bem. Anya, mesmo transtornada, compreende que deve aguardar. Não deve se aproximar de Ajagunã. Qualquer coisa pode irritar Ogunjá. Mesmo assim, em movimento instintivo, segura-lhe o braço, pede que ele não mate Ajagunã. Promete casamento e filhos. Ajagunã balança a cabeça em desespero, mas logo para, porque a corda aperta sua boca e pescoço à medida que se mexe.

Ogunjá descruza os braços e alisa a arma, ameaça atirar na cabeça do prisioneiro. Quer dizer que a senhora não tinha outro? Francamente, Anya, preto que nem eu e morador de invasão. Motorista de caminhão de cerveja. Que futuro você ia ter com um cara desses? Que futuro ele ia dar pros seus filhos? E eu fritando, achando que ia pegar um playboy do asfalto e depois a família dele vinha atrás de mim e eu podia mofar na cadeia porque eles têm os acordos deles com o pessoal da lei. Mas você trocou um futuro, uma família comigo por isso aí? Como é que você quer ver ele morrer? De tiro? Ou queimado dentro dos pneus? Hein? Como é que você quer?

Anya sabe que não pode se aproximar de Ajagunã. Ele também fica calado. Qualquer passo em falso pode irritar Ogunjá e num tiro liquidar a fatura. Xoroquê sugere que Anya não precisa ver aquilo. Ogunjá deve levá-la de volta. Ele cuidará de tudo.

Ogunjá assente, mas quer a língua do adversário como prova. Ele terá, assegura Xoroquê. Agora leve ela embora. Os dois saem e os olhos embaçados de Anya cruzam os de Xoroquê mais uma vez. Precisava confiar nele. Agarra-se à amizade de infância, pede a Rogi e Lemba que intercedam em favor de Ajagunã e salvem sua vida. Pede a Kissimbi que embale o coração de Xoroquê. Pede a Matamba que espane o vento da morte para longe daquela mina.

A irmã esperava Anya, tensa. Quando chegam, ela a abraça, e assim que Ogunjá arranca o carro, dá um toque para o celular de Obasi, depois explica tudo a Anya que apenas chora agradecida. Todos sabiam que Ogunjá não esperaria Xoroquê aparecer com a língua de Ajagunã. Ele ia querer ver para crer.

Quarenta minutos passados, no retorno à mina, Ogunjá encontra sangue fresco na pedra e sinais de um corpo arrastado por um homem para fora da gruta. Ele sorri e pensa que Xoroquê era mesmo seu homem de confiança.

Obasi, que a tudo observara de dentro da mata, Xoroquê e Ajagunã executaram a primeira parte do plano de Obasi. Sacrificaram um cabrito, derramaram o sangue na pedra e cortaram sua língua.

Saíram o mais rápido que puderam, Obasi entregou a oferenda na mata e depois os encontrou na estrada. Agora ela precisava descobrir uma forma de esconder Ajagunã até que o destino de Ogunjá fosse selado. Matamba cuidara de avisar por telefone aos perseguidores dele sobre sua presença na mina. Mas Ogunjá era liso como vaso egípcio com um Olho de Hórus.

Dona Zezé

A velha benzia desde os 12 anos e estava à véspera dos 85. Sete, oito, nove, dez gerações foram cuidadas por seus gestos e palavras. Vento virado, cobreiro, mau olhado, espinhela caída, carne quebrada e outros males, tudo ela costurava.

Os sonhos sonhados por ela eram batata. Não errava. Um deles era de que viveria até os 75 anos. Preparou-se para morrer com essa idade, mas, pela primeira vez na vida, um de seus sonhos premonitórios falhou.

No aniversário de 76 anos, muito viva, concluiu que Deus tinha cometido um erro. Por algum motivo ele pulou seu nome na caderneta. Resolveu aproveitar o descuido celestial e ficou na miúda. Parou de benzer para que Deus não se lembrasse dela.

Tambor das minas

Cê não acredita, não é? Mas batida de tambor mineiro tem de quatro jeitos. Ele geme a dor, o lamento, a agonia. Tem batida de festa, de louvação, de alegria. Tem a batida de fé. E tem o aviso de perigo.

O poeta contou de ouvir contar que o dono do tambor estava em Esmeraldas. Mexeram no tambor dele em Contagem das Abóboras. Ele escutou. Firmou o pensamento e mandou o intruso perder a força de tocar.

Enxerido, o tocador achou que estava tirando ponto de festa, fazendo alegria, mas o tambor o enganou e deu sinal de perigo. O dono ouviu e tomou providência.

O abusado tocou na encruza, queria se exibir para as moças. Achou que era só ir ali e chamar pelo povo da rua. Deu errado. Primeiro a mão dele sangrou, e não foi de bater forte, foi de bater errado, acertou num pedaço de madeira lascada. Ele tocava e não combinava a voz com a música.

O tambor tinha voz própria e gemeu o perigo. E quando o rapaz, envergonhado, montou na caminhonete e acelerou para ir embora com o carro cheio de mulheres a quem queria impressionar, dois pneus estouraram de uma vez.

Ele entendeu o recado e, com medo do que ainda podia acontecer, teve que colocar o tambor na cabeça e levá-lo a pé para a ngoma, passando pelas encruzas sagradas como as curvas do rio e as pontas de areia.

Sá Rainha

Sá Rainha está sentada na cama de frente para o altar de Nossa Senhora do Rosário. Balbucia coisas que ninguém mais entende. Parece estar em permanente estado de oração. As perninhas balançam como a criança que ela está voltando a ser. Os dedos lentos passam uma a uma as lágrimas-de-nossa-senhora.

Termina as orações ou a conversa com aqueles que ninguém vê, só ela, e se deita com as mãos pequenas em concha debaixo de um dos lados do rosto. Ela parece mesmo um anjo barroco, aquele corpo minúsculo e rechonchudo. Quem imaginaria os nove filhos paridos?

Dorme, encolhe-se feito feto. Conversa, fala muito enquanto dorme. A filha que ainda mora na casa estende uma coberta sobre a mãe. Sente pena.

A cabeça está à deriva, Sá Rainha sobe na cama e tira de cima do guarda-roupas seus pertences de Rainha. Acaricia cada um.

A coroa, o cetro, o manto. Paramenta-se, é dia de festa. Agradece a Nossa Senhora do Rosário por mais um ano. Faz as últimas recomendações sobre a comida do povo. Pergunta ao filho que restou sobre a afinação dos tambores.

Vai sozinha para a rua. Sem a corte real, seu povo que também acompanhou sua mãe, a primeira Rainha, com tochas acesas pelas ruas da cidade do interior porque o prefeito mandou cortar a luz para os pretos do Reinado não saírem por lá dançando e cantando.

Caminha até a encruza central do Morro do Papagaio, abaixo da sede do Muquifu, prédio tombado pelos meninos do movimento. No percurso reconhece pessoas, lutas, desapropriações, resistência popular, tiros, medo, angústias. O padre amigo a abraça quando ela passa pela Igreja das Santas Pretas. Oferece companhia, ela não quer. Está bem. É só dela o cortejo.

Outras pessoas a acompanham a uma distância reverente e cuidadosa, caso ela precise de algo. Foi sempre assim no Morro, essa disposição para ajudar e estar junto. Às vezes chamam seu nome, pedem a benção. Ora ela responde, ora não. Ninguém estranha. O vento fagocita sua memória e deixa no vácuo o que foi vivido e não é mais lembrado. Seu trânsito pelo país dos ancestrais está mais constante a cada dia.

Chega à encruza, vê muita gente à volta. A mãe que iniciou o Reinado, as tias, os tios, irmãs, irmãos. O pai, companheiro de todas as horas da Rainha-mãe. Os olhos cansados se abrem e Sá Rainha busca os filhos, cinco jovens que deixaram esse mundo fora do tempo.

Mãe, oh mãe! Chama o primeiro, vestindo o mesmo agasalho branco de capuz usado no dia de sua morte. Mãe, minha mãe! Era o segundo, muito bem vestido, terno branco impecável, próximo a um carro importado. Mãe, mãezinha, me ajuda! Era o terceiro, ainda tonto, com o capacete da moto na cabeça. Mãe, ah mãe, não deixa matarem a gente!

O quarto e o quinto a chamam juntos. Abraçados e assustados como morreram na porta do bar, de bonés e bermudas de tactel.

Todos limpos, sem furos nas roupas, sem manchas de sangue. Surpresos ao reencontrá-la ali no lugar onde vagam. Sá Rainha chora e agradece à Senhora do Rosário. Passa a mão pelo rosto de cada um dos filhos, beija-os. Fala da saudade. O povo vai se juntando. Cerca a Rainha, os meninos. Tá caindo fulô / tá caindo fulô! / Lá no céu / cá na terra / oi lerê, tá caindo fulô!

Sá Rainha sai do abraço dos filhos. Afasta-os, carinhosa. Abaixa-se e risca o chão com um caco de telha. Pontos que ninguém ali sabe interpretar. Coloca o bastão no chão. Chora baixinho ao tirar a coroa, deposita-a na terra.

Os filhos vão desaparecendo. O povo também. Ela fica sozinha com suas insígnias de realeza depostas. Aos poucos, Sá Rainha também some no tempo. Restam o bastão e a coroa à espera de alguém.

Êh Tempo! Êh Tempo! Zaratempô! Êh Tempo! Êh Tempo! Zaratempô! Êh Tempo! Êh Tempo! Zaratempô!

Glossário

ADJÁ – sineta feita em bronze ou metal dourado ou prateado com uma, duas ou até quatro campânulas por meio da qual se invoca as divindades. Instrumento sagrado nos rituais religiosos afro-brasileiros.
AGODÔ – uma qualidade de Xangô, divindade do fogo, do trovão e da justiça no panteão iorubá. Veste-se de vermelho.
AJAGUNÃ – uma das qualidades da divindade (orixá) Oxaguiã.
AKIRO OBA YE! – saudação à divindade (orixá) Obá, "salve senhora da terra".
ANGOLEIRO – praticante de Capoeira Angola.
ANYA – uma das qualidades da divindade (orixá) Oxum, praticamente desconhecida no Brasil, mas presente em pesquisas feitas na Nigéria sobre o panteão iorubá.
ASÉ (axé) – energia vital, na tradição iorubá.

ÁSSANAS – palavra originária do Sânscrito que nomeia as diferentes posturas utilizadas pela ioga para suprimir a atividade intelectual e deixar o corpo entregue ao movimento.

AYRÁ – uma qualidade de Xangô, divindade do fogo, do trovão e da justiça no tronco iorubá. Veste-se de branco.

BAMBURUCEMA – um dos nomes da divindade (inquice) dos ventos, das tempestades e da transformação no panteão angola-congo.

BANTO – universo etnolinguístico localizado ao Sul do Deserto do Saara que engloba mais de 300 subgrupos étnicos diferentes, localizados na África Central, Sudeste da África e África Austral. A maior parte dos ancestrais dos afro-brasileiros de hoje foi retirada do mundo banto africano e aqui escravizada, portanto, o Brasil tem uma participação banto determinante em sua formação.

EBÓ – oferenda nas religiões de matriz africana no Brasil.

ENCRUZA – nome frequente pelo qual o povo da umbanda e candomblé se refere às encruzilhadas.

EPARREI – saudação às divindades Iansã, Oyá, Bamburucema e Matamba.

EXU – o senhor dos caminhos, da comunicação e das encruzilhadas no panteão iorubá; aquele que deve ser saudado e alimentado antes de se iniciar qualquer cerimônia das religiões de matriz africana no Brasil.

EXUZILHAMENTO – neologismo que vem sendo utilizado por Cidinha da Silva ao fundir as palavras Exu e encruzilhada, daí o verbo exuzilhar e a palavra exuzilhamento.

GANDHY (FILHOS DE) – Tradicional afoxé da Bahia, baseado em Salvador, criado em 1949 por estivadores portuários em homenagem ao pacifista Gandhi.

IANSÃ – divindade (orixá) dos ventos, das tempestades e da transformação no panteão iorubá.

IBÁ – cabaça que guarda os objetos de culto a um orixá.

IEMANJÁ – divindade (orixá), senhora de todas as cabeças e do equilíbrio energético no panteão iorubá.

IGREJA DAS SANTAS PRETAS – igreja católica localizada no Aglomerado Santa Lúcia/Morro do Papagaio, em Belo Horizonte, cujas paredes abrigam pinturas de episódios da vida de Maria Santíssima protagonizados por mulheres negras daquela comunidade.

ILÁ – voz do Orixá, seu modo de se identificar quando chega à Terra. O **ilá** dos Orixás pode variar muito: de sons de animais até sons guturais de procedência desconhecida.

INQUICE – nome geral dado a divindades do panteão angola-congo.

JUREMEIRO – mestre responsável por conduzir o culto da Jurema Sagrada, de origem indígena, que por meio de uma bebida, a Jurema, estabelece contato com seres do mundo espiritual. Antes de tudo, a jurema é uma árvore da caatinga e do agreste nordestino que tem sua casca utilizada na fabricação da bebida.

KISSIMBI – um dos nomes da divindade (inquice) responsável pela fertilidade da terra e pelas águas dos rios no panteão angola-congo.

LAROIÊ – saudação a Exu.

LEMBA – primeira divindade (inquice) criada por Zambi (Deus supremo do panteão angola-congo). Veste-se de branco e está ligado à criação do mundo.

MAIONGA – termo em quimbundo para denominar toda espécie de banho sagrado para limpeza e purificação rituais e de iniciações nas religiões de matriz africana.

MAKOTA – alto posto na tradição angola-congo reservado a mulheres escolhidas pelos Mkisi para cuidar deles e dos filhos rodantes, além de zelar pelo bom andamento de uma série de tarefas que mantêm de pé uma casa de candomblé.

MAMETO – zeladora das divindades e das casas-terreiro na tradição angola-congo.

MATAMBA – um dos nomes da divindade (inquice) dos ventos, das tempestades e da transformação no panteão angola-congo.

MKISI – plural de Nkisi em quimbundo. O mesmo que inquices, em português.

MUQUIFU – Museu dos Quilombos e Favelas Urbanos de Belo Horizonte.

MUZENZA – pessoa recém-iniciada ou com poucos anos de iniciação no Candomblé.

NGOMA – pode significar casa e pode também ser o nome específico de um tambor.

NZÁZI – divindade (inquice) do trovão, do fogo e da justiça na matriz angola-congo.

OBASI – nome comumente utilizado por filhos e filhas de Xangô e/ou de Obá, orixás do panteão iorubá.

OGUNJÁ – uma das qualidades da divindade (orixá) Ogum, panteão iorubá.

OLHO DE HÓRUS – é o olho que tudo vê. Trata-se de um símbolo do Egito antigo datado, aproximadamente, de cinco mil anos atrás. A representação desse símbolo é inspirada no falcão, pois é uma mistura do olho humano com o olho do animal. Segundo uma lenda egípcia, o deus Hórus, em uma luta com o deus Seth, perdeu um de seus olhos. Através do uso de magia Hórus conseguiu recuperar seu olho. Essa restauração da visão, em Hórus, remete ao símbolo, significando poder, proteção, regeneração e força, tanto em pessoas vivas quanto mortas, pois o morto, na tradição egípcia, precisa de energia para renascer.

ONIRÊ – uma qualidade do orixá Ogum que se apresenta como guerreiro impetuoso.

ORIXÁ – nome geral das divindades do panteão iorubá.

OXALÁ – divindade (orixá) mais velha do panteão iorubá, o grande pai.

OXUM – divindade (orixá) responsável pela fertilidade na terra e pelas águas dos rios no panteão iorubá.

OYÁ – forma opcional de nominar a divindade (orixá) Iansã.

PADÊ – oferenda para Exu, que pede licença para iniciar todos os trabalhos.

PATTY – tipo de pastel comum em países caribenhos, como Trinidad e Tobago.

QUATRO MARES – ponto de acupuntura localizado no Meridiano Triplo Aquecedor, primeiro terço do antebraço, considerando o cotovelo em direção ao pulso. Conecta-se diretamente com o Chi primordial e é responsável por diversos tipos de abertura para a cura e equilíbrio do corpo em tratamento com as agulhas.

REINADO – nome usado pelos praticantes do catolicismo popular negro para designar suas comunidades religiosas, também tratadas como irmandades ou guardas, exemplos: Irmandade de Nossa Senhora do Rosário; Guarda de Congo Velho de Nossa Senhora do Rosário.

ROÇONA – nome pejorativo usado em vários lugares do Nordeste para definir as mulheres que vivem relações afetivo-sexuais com outras mulheres.

RODANTE – o que recebe o Inquice, Orixá, Vodun ou ancestrais. É aquela pessoa que entra em transe nas religiões de matriz africana e afro-ameríndia.

RONCÓ – espaço reservado e sagrado das casas de candomblé, no qual só entram pessoas designadas pelas autoridades religiosas responsáveis pela casa.

SAVANNAH – cidade do Sul profundo dos Estados Unidos, no estado da Georgia.

SALTEÑAS – tipo de pastel bastante consumido na Bolívia.

TUAREGUE – povo nômade do Norte da África, conhecido também como os homens azuis do deserto.

XICARANGOMA – tocador de tambor nos rituais de candomblé de terreiros angola-congo.

XOROQUÊ – uma das qualidades da divindade (orixá) Ogum, muito próxima de Exu.

ZARATEMPÔ – saudação ao inquice Tempo, que a tudo ilumina, transforma e transcende.

ZUMBÁ – um dos nomes da senhora da lama primordial, a que vive no fundo da lagoa, na concepção do panteão angola-congo.

Cidinha da Silva é mineira, autora de 13 livros de literatura, destacando-se *Os Nove Pentes d'África* (2009); *#Parem de nos matar!* (2016) e *O Homem Azul do Deserto* (2018). Além deste *Um Exu em Nova York* publicou *Sobre-viventes!* (2016) pela **Pallas Editora**. Organizou duas obras fundamentais para o pensamento sobre as relações raciais contemporâneas no Brasil, *Ações Afirmativas em Educação: experiências brasileiras* (2003) e *Africanidades e Relações Raciais: insumos para políticas públicas na área do livro, leitura, literatura e bibliotecas no Brasil* (2014).

Um Exu em Nova York venceu o Prêmio Literário Biblioteca Nacional 2019 na categoria contos.